SUPPLÉMENT

INDISPENSABLE AUX ÉDITIONS DES ŒUVRES

DE

J.-J. ROUSSEAU.

PARTICULARITÉS INÉDITES.

PAR J.-S. QUESNÉ.

Deuxième tirage, corrigé.

PARIS,

J. LEDOYEN, LIBRAIRE,

PALAIS ROYAL, GALERIE D'ORLÉANS, 16.

1843.

De l'Imprimerie de BEAU, à Saint Germain en-Laye.

SUPPLÉMENT

INDISPENSABLE AUX ÉDITIONS

DES OEUVRES DE J.-J. ROUSSEAU.

Je dois prévenir le lecteur que la plupart des faits qui vont être rapportés sont inédits, qu'ils ont été puisés à une source qu'on ne saurait suspecter, puisque les personnes dont je les tiens jouissent d'une réputation de bonne foi, de véracité, sur lesquelles tout témoignage peut s'appuyer. Ainsi les futurs éditeurs des œuvres de Rousseau, s'ils le jugent à propos, en feront leur profit, sans crainte d'allonger démesurément leur publication.

On se rappelle, quand on a lu ses *Confessions*, qu'il se rendit, pour l'habiter, à l'Ermitage de Montmorency, au mois d'avril 1756; que Mme d'Houdetot, venant de Paris, lui fit une visite qui tenait un peu du roman, car son carrosse ayant été embourbé au fond d'un vallon, ses gens la dégagèrent avec beaucoup de peine, en lui donnant une paire de bottes crottées pour suppléer à sa mignonne chaussure en désarroi. L'année suivante, au printemps, elle alla le voir encore, mais à cheval, vêtue en homme, circonstance singulière, qui lui inspira la plus vive passion qui soit entrée dans un cœur d'homme. Comme elle passait la belle saison à Eaubonne, au milieu de la vallée, Jean-Jacques y portait très-fréquemment le tribut de ses adorations.

Dans cette admirable soirée où, sous un acacia chargé de fleurs, son cœur trouva un langage digne des sentiments qui l'animaient, et qui fit dire à Mme d'Houdetot : « Non, jamais homme ne fut si aimable, et jamais amant n'aima comme vous ! » un charretier vint à passer au coin du mur; et, s'adressant à son cheval tombé sur les genoux, cria d'une voix très-fortement accentuée : *Haïe donc, rosse !* Une pareille interjection, dans un moment si critique, la fit éclater de rire ; et, mettant son honneur sous la protection d'une folle gaîté, elle jeta le trouble dans l'âme du pauvre amant, dont la brûlante éloquence s'éteignit tout-à-coup, et resta sans effet. Rousseau s'est bien gardé de parler de ce malencontreux incident ; mais la comtesse n'a pas eu la même discrétion avec son amie Mme la vicomtesse d'Allard, et l'auteur d'*Agamemnon*.

Le roi François Ier aimait à répéter, il y a trois siècles, que le vin de Berry, qui depuis s'est bonifié, avait un tel goût d'acidité, qu'un chien, ayant goûté de ces raisins, en eut la colique, et qu'il aboya contre la vigne. Le vin de Montmorency ne mérite pas entièrement ce reproche ; mais il est certain qu'il entre dans ses qualités un certain petit goût de terroir, qui ne saurait échapper à tous ceux qui le consultent pour la première fois. C'est précisément ce qu'éprouvèrent Diderot et l'abbé Morellet, un jour qu'ils vinrent dîner à l'Ermitage, après que Jean-Jacques leur eut donné lecture en plein air de la quatrième partie de *la Nouvelle Héloïse*. Le philosophe de Genève, observant sur les bords du verre une grimace involontaire, leur dit, assez mécontent : « Ah ! Messieurs, c'est du vin du pays ; je ne suis pas assez riche pour vous en offrir de meilleur. » En 1834, un Belge, accompagné d'un Hollandais, voulut boire de ce vin, et la grimace des convives de l'Ermitage se retrouva devant moi sur les lèvres et dans les yeux des deux étrangers. Toutefois cette liqueur l'emporte sur celle de Suresnes, si vantée dans le quinzième siècle, et même sur le vin d'Argenteuil, qui laisse aux papilles délicates un goût très-prononcé de fadeur, attribué à la poudrette, dont l'emploi comme engrais a donné, dit-on, naissance au fléau si étonnamment destructeur de la pyrale.

Rousseau nous vante de temps en temps sa bonté dans ses mémoires ; il faut bien y ajouter foi, car s'il a quelquefois suivi la pente d'une exagération sans portée, on pense presque universellement qu'il n'a jamais menti dans son âge mûr et sa vieillesse ; de là l'inscription sur sa tombe : *L'homme de la nature et de la* VÉRITÉ. Mais à quel sentiment faut-il rapporter le trait suivant, que se plaisait à raconter l'une des filles du maçon Pillieux, et non Pilleu, comme l'écrit Jean-Jacques ? — « Monsieur Rousseau nous ayant

» priées, ma sœur et moi, qui tous les matins allions porter
» la provision à notre père occupé aux travaux du château
» de la Chevrette, de nous charger quelquefois d'une lettre
» à Mme d'Epinay, nous y consentîmes pour soulager de ce
» soin mademoiselle Le Vasseur. Cependant nous lui fîmes
» entendre que, toutes paysannes que nous étions, nous au-
» rions beaucoup de répugnance à servir une correspondance
» amoureuse. Un jour, avant de partir, il voulut nous régaler
» d'un bon déjeûner de café au lait. Bien qu'il eût toujours de
» gros morceaux de sucre dans ses poches, et particulière-
» ment quand il soupait à notre maison d'un gigot de mouton
» cuit à l'anglaise, il nous donna du miel, et nous partîmes.
» Je ne sais si le miel était composé de quelques drogues
» purgatives ; mais ce qu'il y a de très-certain, c'est que ce
» voyage d'une petite demi-lieue fut interrompu bien des
» fois. Ma pauvre sœur, qui n'était guère moins tourmentée
» que moi, s'emporta contre l'auteur de ce fâcheux repas.
» Monsieur Jean-Jacques, au lieu de compâtir aux maux
» qu'il avait causés, nous répondit par des ris qui lui fer-
» maient les yeux : *Ah ! j'étais bien aise de m'assurer du pou-*
» *voir de mon café.* C'est toute la reconnaissance que nous
» tirâmes de nos services. »

Si la malice n'a point inspiré Rousseau dans cette occasion,
il est permis de penser que, voyant deux jeunes filles fortes,
joufflues, hautes en couleur, se plaignant peut-être de douleurs de tête sous l'apparence de la pléthore, aura mêlé du
jalap à son miel pour les dispenser de prendre médecine,
et leur en ôter le déboire ; car, autrement, le philosophe
serait tout-à-fait inexcusable. Il faudrait encore décider,
d'ailleurs, si un écrivain, tout grand qu'il soit, a le droit
de faire ainsi le médecin sans qu'on l'en prie. Au reste, s'il
veillait de cette manière à la santé des villageoises, il ne
prenait pas moins d'intérêt d'un autre genre aux réclamations trop souvent importunes des habitants, dont il se rendait toujours l'interprète auprès du maréchal de Luxembourg,
qui jamais ne le refusa.

Quand, après sa rupture avec Mme d'Epinay, il quitta
l'Ermitage pour habiter Mont-Louis, dans Montmorency
même, le 15 décembre 1757, il éprouva une sorte d'embarras, parce que dans ses promenades, obligé de passer par

les rues, il craignait moins, disait-il un jour à Bernardin de Saint-Pierre, les flèches des Parthes que les regards des hommes : inconvénient qu'il évitait de l'Ermitage à Eaubonne, en suivant les détours de la forêt. Une dame, à ce sujet, m'a rapporté qu'en 1778, au mois de mai, peu de jours avant son départ pour Ermenonville, elle le vit en habit cannelle, dans une contre-allée, voisine de la grande allée du jardin des Tuileries, la tête enfoncée dans les épaules, tournant les yeux d'un air inquiet, et cherchant à deviner si on ne l'insultait pas. La plupart des curieux le regardaient avec une sorte de réserve, de peur d'offenser sa susceptibilité ; mais cette précaution tournait contre eux dans son cerveau blessé, puisqu'il attribuait à la malveillance l'intérêt même qu'il inspirait. Vers ce temps, « Voyez-vous, disait-il à Mercier, l'auteur du *Tableau de Paris*, voyez-vous cette fruitière? Eh bien, sachez que la police l'a mise à ma porte afin d'observer mes démarches »; et la bonne femme ne le connaissait pas!

Il aimait beaucoup les enfants, surtout à l'époque de la composition d'*Emile* [1] ; mais ceux-ci abusaient souvent de son affection, car son habit et sa perruque n'étaient pas à l'abri de leurs outrages. J'ai vu ceux-ci, devenus vieillards, qui riaient encore au récit de leurs espiègleries ; tous s'accordent à dire que son humeur n'en souffrait pas d'altération. Trois vivent encore : André Bourgeois, qui remplissait avec élan ses commissions, dont chacune lui rapportait douze sous, preuve solide contre ceux qui l'ont taxé d'avarice ; Mme Denefve [2], qui conduisit en 1760, sans le connaître, le prince

---

[1] C'est le moment de sa grande colère contre Diderot, qu'il accusait, probablement à tort, d'avoir trahi les secrets de l'amitié, en révélant la naissance de ses enfants. Cela me rappelle qu'en 1797, un étudiant en médecine, avec lequel je prenais des leçons de grec de M. Lécluse, qui en donnait aussi alors aux fils de Marmontel, partant pour son pays dans le midi de la France, m'écrivit qu'il avait eu pour compagne de voyage une fille de J.-J. Rousseau. Cette croyance était évidemment une erreur ; car le philosophe, ayant eu cinq enfants, depuis 1748 jusqu'en 1753, et les mettant successivement à l'hospice des Enfants-Trouvés, on n'a jamais pu connaître leur sort, malgré toutes les recherches qui furent employées par diverses personnes en crédit, notamment par la maréchale de Luxembourg.

[2] Née le 5 février 1750.

de Conti chez le Genevois, le jour même où celui-ci gagna au noble visiteur deux parties d'échecs, malgré les contorsions de ses courtisans ; et M. Bridault père, dont la femme se faisait remarquer parmi les petits importuns qui auraient lassé la patience d'un saint. Les travaux de Jean-Jacques et sa dysurie continuelle lui avaient donné un teint que l'on eût pu confondre avec le jaune du pain d'épice. Il est très-vraisemblable que cette infirmité, qui le tenait éloigné du monde, causait la mauvaise humeur et l'impatience qu'on lui reprochait. D'ailleurs, excessivement nerveux, les impressions ordinaires chez autrui laissaient dans ses organes des traces profondes qui le rendaient très-malheureux.

C'est bien faussement qu'on lui a imputé une lettre à Saint-Lambert, relative à ses assiduités auprès de Mme d'Houdetot, en vue de répandre un nuage épais sur l'union des deux amants. Malgré toute l'énergie de sa passion, il était incapable, à quarante-six ans, d'une pareille noirceur. Grimm aurait pu bien plutôt s'attirer ce reproche par son caractère, aujourd'hui parfaitement connu, et par son intimité avec Mme d'Epinay, qui voyait sous la couleur de la plus extrême jalousie les relations de Jean-Jacques avec la comtesse.

Le philosophe, lorsque la douleur ne lui faisait pas mesurer tristement la longueur des nuits, avait des accès de gaîté qui le dirigeaient le dimanche vers les jeunes filles ; et, dans l'absence du ménétrier, il les faisait danser au son de sa voix, sur des rondes qu'il composait. C'était auprès de la fontaine Arenet, qui prend son nom du lieu de sa source, et non René, comme le dit le P. Cotte, qu'il leur montrait à cadencer leurs pas.

Dans ces doux passe-temps, le prétendu sauvage quittait sa peau d'ours, en adressant aux plus jolies des compliments flatteurs, qui n'étaient pas toujours du goût de Thérèse, femme, comme on le sait, bavarde, commère, et sans le moindre esprit.

Le 9 juin 1762, voulant se soustraire au décret de prise de corps rendu par le parlement de Paris, il se retire en Suisse, où toutes sortes de tracasseries lui sont suscitées, revient en France, passe en Angleterre, retourne encore une fois en France, séjourne dans divers lieux, demeure à Paris huit ans, et finit par accepter, le 20 mai 1778, l'hospitalité du château d'Ermenonville. René-Louis de Girardin, ancien colonel de dragons, qui l'avait défendu vivement à la petite cour de Stanislas contre l'attaque trop personnelle de Palissot, se trouva très-honoré de posséder près de lui un homme dont la célébrité n'avait d'égale que l'immensité de ses talents. La terre d'Ermenonville n'était jadis qu'un vaste marais; aidé des souvenirs de ses voyages en Suisse, en Italie, en Allemagne, en Angleterre, et guidé par Morel, M. de Girardin fit de ce domaine un parc délicieux, où il dépensa trois millions. Son hôte, en voyant ces lieux enchantés dans la saison la plus favorable de l'année, ne put contenir son ravissement; il l'exprima d'une manière non moins vive que touchante, et ne mit d'autre condition aux désirs de M. de Girardin, que de se rendre utile en donnant des leçons à son fils aîné, Stanislas, qui de nos jours a déployé d'incontestables talents dans les hautes fonctions administratives, et montré toute son indépendance à la tribune des députés.

Quinze jours étaient à peine écoulés, qu'il ressentit les atteintes de son mal habituel. Une profonde tristesse le suivait partout. Dès que, assis sur son fauteuil, son bras droit formait le balancier, les plus étranges préventions agitaient son cerveau durant six semaines. Le mouvement des nerfs lui tirait de grosses larmes; il ne trouvait de soulagement que dans l'espoir d'un prompt changement de lieu; il invoquait même comme un grand bienfait le secours de l'hôpital. M. de Girardin, le voyant plongé dans des réflexions si pleines d'amertume, fit venir de Paris l'élite des musiciens, et lui donna un très-brillant concert, à dix heures du soir, dans l'Ile des Peupliers. Jean-Jacques en fut tellement ému, qu'il proféra cette exclamation : « Ah! monsieur de Girardin, quand je mourrai, je désire que cette place recueille ma cendre. » Huit jours après, son vœu était exaucé.

Rousseau n'a point terminé sa vie par le poison, ainsi que le pensent encore un grand nombre de personnes, d'après divers écrits, et notamment sur l'autorité de Musset-Pathay dans le *Précis de la vie de J.-J. Rousseau.* J'ai déjà réfuté cette opinion en 1824, au *Moissonneur*; et le 12 juillet de la même année, Stanislas de Girardin m'écrivait : « Je viens de » démontrer qu'elle n'était nullement fondée (l'accusation de

» suicide, dans une lettre imprimée et adressée à M. Pathay-
» Musset (il se trompe, c'est Musset-Pathay), auteur d'une
» vie de Rousseau en deux volumes, etc. » Jean-Jacques est
mort d'une apoplexie séreuse, le matin du 2 juillet 1778.
L'auteur d'un long article biographique, rempli de dénigre-
ment et de fiel, affirme avec la plus rare assurance que cette
mort est arrivée le 3 ; mais il suffirait de lire le procès-verbal de l'autopsie pour se convaincre de son erreur, lors
même qu'il n'existerait pas d'autres puissants témoignages.

Tout aussitôt le bruit se répandit qu'il s'était tué d'un coup
de pistolet ; quelques habitants d'Ermenonville crurent au
poison. Le lendemain, le médecin Le Bègue de Presle ouvrit le corps en présence de dix témoins. « L'ouverture de la
» tête, écrit-il, et l'examen des parties renfermées dans le
» crâne nous ont fait voir une quantité très-considérable
» de sérosité épanchée entre la substance du cerveau et les
» membranes qui la couvrent. Ne peut-on pas attribuer la
» mort de M. Rousseau à la pression de cette sérosité, à son
» infiltration dans les enveloppes ou la substance de tout le
» système nerveux ? » Cette question est tout-à-fait superflue,
puisqu'il demeure évident que la rupture des méninges a
causé la mort instantanée. Rousseau, tombant de son siége,
reçoit une blessure profonde à la tête, et couvre de sang
Thérèse, qui veut le soutenir. C'est le trou que cette chute
occasionne qui fait croire au coup de pistolet ; mais où donc
est la balle ? La trouve-t-on dans la tête ou dans la chambre ?
Non. Le poison a-t-il laissé quelques traces ? On n'en observe
aucune. Jean-Jacques avait manifesté le désir d'être ouvert.
Avec le dessein de finir d'une manière tragique, il faut avouer
qu'un semblable souhait eût été la plus grave de ses incon-
séquences.

On l'embauma ; et le soir du 4 juillet il fut porté au milieu de l'Ile, où M. de Girardin lui fit élever un monument,
simple comme les goûts du philosophe. Treize ans plus tard,
un jeune homme inconnu, d'environ vingt ans, admis au
château depuis plusieurs jours d'une façon toute bienveillante,
après avoir promené ses rêveries mélancoliques dans les bo-
cages, se donna la mort, le 4 juin 1791, hors de l'Ile des
Peupliers, mais vis-à-vis le monument de Rousseau. Il venait d'adresser au propriétaire du château une longue lettre

tendant à justifier cette action, dont la cause provenait d'un insurmontable dégoût de la vie. Un tombeau plus petit que celui du Genevois, construit par les ordres de M. de Girardin, indique la place où le pistolet termina ses jours. Une jeune femme vint y déposer une mèche de cheveux, qu'elle retira en 1802. Chaque année, elle s'en approchait avec recueillement pour y prier à genoux, et ses larmes révélaient le plus profond attendrissement. Comme on respectait sa douleur en évitant les questions, on a toujours ignoré son nom, ses rapports avec ce jeune homme, et son état dans le monde. Seulement sa mise élégante et d'un très-bon goût témoignaient assez qu'elle sortait d'une classe au-dessus de l'aisance.

C'est aussi vers l'an 1791, que l'auteur de l'*Intrigue épistolaire*, du *Philinte de Molière* et des *Précepteurs*, Fabre d'Églantine, mort sur l'échafaud dans les orages politiques, se permit de dérober un des sabots de Jean-Jacques, tressés en menu jonc par-dessus, sans doute pour adoucir la douleur des cors, et mit, par cet acte répréhensible, le désespoir dans l'âme de l'aubergiste qui les possédait, et les conservait sur une armoire où je les ai vus depuis et même essayés. Cet homme, en s'apercevant du vol, s'élance sur un cheval à la poursuite du ravisseur, et le rejoint à Morte-Fontaine. Celui-ci, le voyant dans une extrême agitation et couvert de sueur, se confond en excuses, lui rend le sabot, en le priant d'accepter un dédommagement de sa course, qu'il refusa, trop content de reprendre son cher objet volé. Par la mesure de cette chaussure, si le pied de Rousseau était conforme aux proportions naturelles, sa taille devait atteindre 1 mètre 665 millimètres, ou cinq pieds un pouce et demi.

Le dimanche 25 septembre de cette année 1791, un monument fut aussi érigé à la mémoire de Rousseau par les habitants du canton de Montmorency, et voici à quelle occasion. Un médecin, nommé Laporte, avait abandonné la Basse-Normandie, son pays, en 1784, pour exercer son art à Montmorency. Il y montra des talents qui le mirent en faveur auprès des personnes les plus recommandables du lieu. La rénovation de l'ordre social en France paraissant au milieu de l'Europe comme un brillant météore, il en goûta les principes, et les embrassa soudain avec cette chaleur de l'âme que donne la plus sincère conviction. Un jeune homme, Chérin, ex-secrétaire de l'Ordre de Saint-Lazare, vint alors habiter la maison de Mont-Louis qu'avait occupée Rousseau quatre ans et demi, sur laquelle le conseil de la commune a fait mettre une inscription fautive. Il se lia d'une vive amitié avec ce médecin. Ils avaient le même âge, environ trente-deux ans; ils se voyaient presque tous les jours : leur intimité même passait en proverbe. Les écrits de Jean-Jacques offrent généralement une teinte de mélancolie qui porte à la rêverie, quand elle n'étend pas plus loin ses résultats. Chérin, lisant ses productions, reposant dans la chambre du philosophe, cherchant à découvrir la trace de ses pas dans l'allée des tilleuls, sur le chemin qui mène au donjon, s'asseyant à la table de pierre octogone où sa plume éloquente traçait ces immortels ouvrages admirés des deux mondes, Chérin subit le cours d'une tristesse qui, augmentant par degrés, affligea son ami. C'est en vain que ce dernier s'efforçait, par ses saillies, de dérider ce front taciturne; c'est en vain qu'il lui faisait goûter, dans les sinuosités des plus épais taillis, la pureté de l'air qui donne aux poumons tant d'élasticité, mouvement si propre à dissiper les humeurs sombres; le fatal penchant demeurait invincible.

Sur la fin d'une belle matinée d'été, Chérin, dans l'impuissance de maîtriser plus long-temps le dégoût de la vie qui le tourmentait, avale une fiole de laudanum, et se met au lit, croyant s'endormir dans l'éternité : mais la dose était trop forte, l'estomac la rejette. Laporte, en apprenant cet accident, vole à son secours, et le trouve accablé par des vomissements réitérés. — Ah ! Chérin, qu'as-tu fait? — Je me suis manqué, mon ami ; donne-moi bien vite, je t'en prie, une meilleure potion; celle-ci n'avait pas de vertu. — Tu as raison, je cours chercher ce qu'il te faut. — Sois prompt, car je souffre horriblement.

Laporte étant revenu, lui dit : « Tiens, prends celle-ci; l'effet en est aussi certain que celui de la ciguë donnée à Socrate. » Chérin boit la liqueur; les vomissements redoublent avec plus de violence. — Ah! mon ami, quel triste service! tu m'as trompé. » C'était, en effet, le résultat de l'émétique administré par le médecin, afin de neutraliser les ravages du laudanum. Lorsque le péril fut passé, Laporte,

en avouant cette supercherie salutaire, lui tint ce langage :
« Mon pauvre Chérin, tu veux mourir! Comment! à ton âge,
» toi, d'un tempérament si plein de vigueur, t'ôter la vie,
» quand elle peut être encore si brillante! Mais ce cruel essai
» ne te montre-t-il pas que la mort se refuse à tes vœux? Sais-
» tu quelles destinées te sont réservées? Le grand être qui a
» les yeux ouverts sur nous, et qui réprouve évidemment ton
» criminel dessein, veut t'élever sans doute à quelque poste
» important. La carrière des armes, si belle, si grande, si
» honorable, peut s'ouvrir à tes espérances. Tes talents variés,
» soutenus d'un éclatant courage, peuvent te conduire aux
» plus hautes dignités, aujourd'hui que le droit de naissance
» disparaît devant l'intelligence et la vertu. Crois-moi, cher
» ami, va servir dignement ton pays; et s'il faut que tu suc-
» combes sur un champ de bataille, au lieu d'un vil poison,
» dégradant l'humanité, tu rencontreras la mort des héros,
» qui rend leur mémoire impérissable. — Je crois à la soli-
» dité de ton avis, mon cher; viens, que je t'embrasse. »
Dans le but de donner un autre cours aux idées noires de
Chérin, il le chargea des préparatifs d'une fête qu'il venait
d'imaginer en l'honneur de Rousseau.

Chérin, peu de temps après, prit un engagement au service
militaire, parcourut rapidement l'échelle des grades, devint
général, et fut blessé mortellement devant Zurich, à la première ligne des tirailleur.., le 16 prairial an 7 (6 juin 1799).
Il tomba, comme le général Marceau, dans les bras de ses
aides-de-camp et de Noiset, ancien aide-de-camp de ce général en chef, qui l'accompagnait quand une blessure semblable l'atteignit aussi sur les bords du Rhin. Ce fut le 20
prairial qu'il rendit le dernier soupir, soupir confondu dans
les regrets de l'armée. Son corps transporté à Huningue, au
centre d'un cortége militaire, précédé d'une musique guer-
rière, au bruit de plusieurs salves d'artillerie, fut inhumé
avec une grande pompe. La douleur de ses aides-de-camp,
que révélait leur maintien, éclata subitement en sanglots
au refrain célèbre : *Mourir pour la patrie*, etc. Officiers,
soldats, étrangers, nationaux, tous étaient plongés dans la
consternation. Les habitants de la ville suisse d'Arau, qui l'a-
vaient plus particulièrement connu que les autres cantons,
laissèrent des marques très-visibles de leur sincère affection.

Cette fête, qui, par les soins de Laporte, l'avait détourné
du suicide, fut célébrée à Montmorency. On inaugura le
buste de Rousseau sur un tertre, au coin du chemin d'An-
dilly et du sentier des Brûlés. C'était là qu'il s'asseyait un
quart d'heure, soit qu'il allât à Eaubonne, soit qu'il en re-
vînt, ayant devant les yeux l'étang, le château de Saint-Gra-
tien, retraite de Catinat, et les monts variés du paysage
lointain, qui lui rappelaient, bien faiblement, il est vrai,
ceux de la Suisse, qu'il aimait tant. Un peuplier est aujour-
d'hui planté au pied de ce tertre. Le monument qui soutenait
le buste était formé de pierres brutes, d'où sortaient quelques
rameaux verts. Aux quatre côtés on avait inscrit ces mots :
— *Les habitants de la ville et du canton de Montmorency, en
mémoire du séjour que fit Jean-Jacques Rousseau au milieu
d'eux. — Ici, Jean-Jacques Rousseau aimait à se reposer. —
Que les mères nourrissent leurs enfants ; les mœurs vont se
réformer d'elles-mêmes, et les sentiments de la nature se ré-
veiller dans tous les cœurs* [1].*— Béni soit celui qui respectera ce
monument !* On y mit une balustrade, et derrière un or-
chestre.

Le cortége partit à quatre heures du soir, précédé des
gardes nationales du canton ; le maire et les officiers municipaux, décorés de leurs écharpes, suivaient immédiatement.
Marchaient après eux diverses députations des électeurs de
1789, des Amis de la Constitution, de la Société fraternelle,
de la Société d'Histoire Naturelle, de celle des Amis de la
Liberté. Plusieurs hommes portaient une grosse pierre extraite
d'un cachot de la Bastille, donnée par l'architecte Palloy,
qui perdit une grande fortune dans la démolition de cette
immense forteresse [2]. On remarquait sur la pierre le portrait

---

[1] Passage tiré d'*Émile*.

[2] Au-dessus de l'escalier de l'Hôtel-de-Ville de Montmorency, se voit
une autre pierre fixée au mur. Voilà ce que m'en écrit aujourd'hui
M. Émile Regnard, maire de cette commune :

« On lit au haut de la pierre dont vous me parlez :
Cette pierre vient des cachots de la Bastille.
« Au-dessous de cette inscription se trouve, appliqué sur la pierre, un
« cadre en bois qui entourait autrefois la *Déclaration des Droits de l'Homme.*
« C'est ce que m'apprend le procès-verbal de la séance du 13 frimaire
« an III, dans lequel je lis que cette *Déclaration* était encadrée et sous

de Rousseau, gravé en creux avec une inscription. Son buste, soutenu par des mères de famille, était entouré d'enfants. Deux vieillards que le philosophe rencontrait souvent dans ses promenades, et dont il appréciait le bon sens et la bonhomie, contemplaient avec attendrissement l'image de l'homme célèbre qui voulut être leur ami. L'un d'eux s'appuyait sur un bâton noir donné par Jean-Jacques. Venaient ensuite, vêtues de blanc avec une ceinture tricolore, de jeunes filles, dont les pas se réglaient au son d'une musique militaire. Parmi les nombreux amateurs de cette fête champêtre, on distinguait le neveu de Rousseau, des membres de l'Assemblée nationale, des écrivains, des poètes, Fabre d'Églantine, Bernardin de Saint-Pierre, Ducis, le naturaliste Bosc, qui depuis, dans le paroxisme de la Terreur, s'alla cacher avec son ami Larevellière-Lépeaux, malade, au fond de la forêt de Montmorency, tout près de la vieille chapelle de Sainte-Radegonde, où une poule leur donnait chaque jour son œuf pour exister, et qu'un milan s'avisa d'emporter un beau jour, laissant ainsi les deux amis dans la douleur et l'embarras, n'ayant plus en perspective pour soutien que quelques limaçons et des lichens, quand le fatal couteau demeurait suspendu sur leur tête. C'est aussi là que furent cachés, sous une solive, les mémoires manuscrits de Mme Roland.

Le cortége étant parvenu au pied du monument, un soldat y posa le buste, ceint d'une couronne civique, mêlée de fleurs. Plusieurs discours furent prononcés, l'un par M. Rozier, aujourd'hui président en retraite de la cour royale de Montpellier[1], l'autre de Rousseau remerciant les habitants

» verré. Vous savez qu'aujourd'hui une copie de ce procès-verbal tient
» la place de la *Déclaration des Droits*. Au bas de la pierre on a gravé les
» mots suivants, qui forment trois lignes :

DONNÉ AUX AMIS DE LA CONSTITUTION
DU CANTON DE MONTMORENCY,
PAR PALLOY, PATRIOTE, L'AN III DE LA LIBERTÉ.

Cet architecte envoya non-seulement le même présent aux cantons de France, mais il voulut encore en adresser à tous les juges de paix, sous la forme d'une médaille. Laporte m'a montré la sienne, qui dut passer, à sa mort, en 1838, dans les mains de son gendre.

[1] Mort depuis peu de temps.

de la contrée de l'hommage solennel qu'ils rendaient à la mémoire de son oncle, un autre de Chérin, qui éleva quelques secondes, sur une pique, le bonnet de soie noire du Genevois, dont il avait acquis la possession ; un autre encore du président de la Société des Amis de la Constitution de Montmorency ; un autre enfin de Bosc, au nom de la Société d'Histoire Naturelle ; après quoi les députés, qui l'accompagnaient, déposèrent sur le monument des bouquets de fleurs des champs, attachés avec des rubans aux couleurs nationales, afin de rappeler le goût favori de Rousseau pour la botanique. A l'approche de la nuit, seize cents lampions, dont le prix (400 fr.) est encore dû depuis cinquante-deux ans, éclairèrent les bosquets, ainsi que les danses, qui ne cessèrent qu'à la naissance du jour. Peu d'années après, le monument disparut : les pierres en furent dispersées ; quelques-unes se retrouvent encore à Montmorency.

Le 30 mai 1791, l'Assemblée nationale avait reconnu que Voltaire méritait les honneurs dus aux grands hommes. Le 11 juillet, son corps fut transporté au Panthéon. Le 27 août suivant, elle décréta que J.-J. Rousseau méritait les mêmes honneurs ; mais le 21 septembre elle décida, sur les réclamations de M. de Girardin, que ses cendres resteraient à Ermenonville. Enfin, trois ans plus tard, la Convention décréta qu'elles seraient déposées dans le temple des grands hommes. En exécution de ce décret, elle nomma deux commissaires pris dans son sein, Clément de Ris et Ginguené, qui chargèrent l'écuyer Franconi des apprêts du char qui devait conduire le cercueil à Paris. Laporte, alors juge de paix à Montmorency, fut adjoint aux commissaires par son canton. Ils se rendirent, le 7 octobre 1794, à Ermenonville, où M. de Girardin, malgré son mécontentement, les accueillit avec politesse. Le maçon qui avait construit le monument, pour ne pas le dégrader, l'ouvrit en dessous, et fit tirer avec des cordes le cercueil de plomb, que l'on mit aussitôt sur le char. Le jour suivant, à quatre heures du matin, on se mit en marche. Vingt musiciens sur un autre char, tiré comme le premier par quatre chevaux, exécutaient, au milieu des populations accourues sur la route, des airs funèbres et patriotiques. On employa dix-huit heures à parcourir un trajet de dix lieues jusqu'à Montmorency. Ce n'était pas la plus courte voie pour aller à Paris, mais on voulait honorer le séjour du grand écrivain.

Laporte, à qui le temps avait manqué pour adresser ses observations, fit remarquer à Ginguené le contre-sens des dispositions de Franconi, qui remplaçait la simplicité du caractère de Rousseau par l'éclat et le luxe inopportuns dont le char funèbre était environné. Le commissaire, approuvant ses réflexions, lui donna, du consentement de son collègue, l'autorisation d'exécuter ce qu'il croyait convenir à la circonstance. Il était onze heures du soir ; Laporte, suivi d'ouvriers, se rend au bois le plus voisin, y fait couper vingt jeunes peupliers d'environ quinze ou vingt pieds de haut, enlève des gazons, et trouve encore quelques pervenches. Il fait disparaître les tentures, les étoiles d'argent et la grosse liberté qui les regardait, pour y substituer les dépouilles de la forêt. Tout se trouva préparé à dix heures du matin. Le char, qui s'était arrêté sur la place du marché entre la halle et l'auberge du *Cheval-Noir*, se remit en marche pour la capitale ; mais le balancement des peupliers l'arrêta sur le chemin du Pavé-Neuf ; il fallut élaguer les noyers dont les branches formaient de chaque côté de nombreux obstacles. La garde nationale du canton, et cent jeunes filles en tunique blanche, avec la ceinture tricolore obligée, l'accompagnèrent, jetant des fleurs sur son passage, jusqu'à l'entrée de la commune de Saint-Denis. En traversant La Barre, un vigneron qui mettait habituellement trop peu de sobriété dans l'usage du vin, en apercevant le cortége, demanda ce que signifiait cette procession. Aussitôt que cela fut expliqué, il se redresse contre la muraille, et s'écrie d'une voix sonore : *Bravo ! bravo !* l'honnête homme ne meurt pas. *Vive la république !*

La garde nationale de Saint-Denis, ayant remplacé celle de Montmorency, s'arrêta dans la ville ; mais on y remarquait avec autant de surprise que d'indignation la veuve du philosophe, à la fenêtre d'un cabaret pour le voir passer, tandis que le décret lui assignait une place au convoi. Elle était à côté du palefrenier John, ancien domestique de M. de Girardin, qui avait échangé ce nom britannique contre celui de Bailly, et vivait au Plessis-Belleville (Oise), à trois kilomètres d'Ermenonville, depuis la mort de Jean-Jacques, daus l'intimité avec cette femme, ne pouvant l'épouser, en ce qu'elle aurait perdu la pension de quinze cents francs accordée par l'Assemblée nationale, tant qu'elle resterait en veuvage. Si le caractère de Thérèse Levasseur n'était pas connu par le témoignage des contemporains plutôt que par celui de Rousseau, qui plus tard lui donna son nom, il serait apprécié par ce trait de la plus rare inconvenance. A l'arrivée du cercueil à Paris, la foule, selon l'usage, se porta sur les boulevards, et l'on entendit des gens un peu trop naïfs, en voyant les gazons et les peupliers, marquer leur étonnement par ces mots : *Tiens, c'est drôle! ils ont apporté l'île!* Près du Pont-Tournant, une députation de la Convention vint le recevoir au pied de la Renommée, qui semblait annoncer à l'univers l'apothéose d'un grand homme. On tira le canon sur les deux terrasses des Tuileries, et ses restes furent déposés sous un petit temple de forme antique, établi sur le grand bassin, dont on avait fait une île, entourée de saules pleureurs, pour imiter celle des peupliers, et offrir aux spectateurs l'image de la grande pièce d'eau d'Ermenonville. Son corps, conduit au Panthéon avec une grande solennité, fut placé dans un caveau tout près de celui de Voltaire. Sous la Restauration, des missionnaires, blessés de leur aspect, les firent disparaître des regards publics, en les reléguant dans un caveau muré.

Genève, au mois de juillet de l'année précédente, avait aussi honoré la mémoire de son grand citoyen, en portant son buste en triomphe. Une jeune fille charmante, sous le costume de Sophie, lui posa sur la tête une couronne de roses en chantant un couplet. Émile aussi fit entendre ses chants tandis que l'on couvrait de fleurs le buste de son maître; et la sœur de lait de Rousseau, âgée de quatre-vingt-un ans, marchait à la tête des mères que suivait un concours immense de toutes les classes. La fête se termina dans les chants, la danse et les festins. En 1835, le 24 février, sa statue en bronze, qui le représente en manteau, assis dans un fauteuil, avec la perruque historique, exécutée avec talent par le sculpteur Pradier, fut inaugurée sur un granit poli, dans l'île qui porte son nom, et d'où la vue se repose avec un plaisir infini sur le lac et le Mont-Blanc.

Enfin sa fête fut encore célébrée avec pompe dans sa ville

chérie, le 29 juin 1843 [1], au milieu des salves d'artillerie qui durèrent toute la journée. Trois mille enfants des deux sexes, partagés en deux divisions, ayant chacune sa musique en tête, les filles d'abord, puis les garçons, partirent du haut de la rue J.-J. Rousseau pour se rendre processionnellement dans l'île qui lui est consacrée. Un arc de triomphe, en charmille, ornait la porte de la maison qui fut son berceau; un autre couvrait sa statue.

M. de Girardin, son hôte et son ardent ami, vécut trente ans plus que lui. Né à Paris le 25 février 1735, il mourut à son château de Vernouillet, près de Triel (Seine-et-Oise), le 20 septembre 1808, et non à Ermenonville, ainsi que l'annonce un article biographique récemment publié. L'auteur de cet article ignorait sans doute que M. de Girardin, ayant été gardé à vue par le comité de surveillance de sa commune, qu'il avait comblée de bienfaits, prit en horreur le château d'Ermenonville, et forma la résolution de l'abandonner pour ne jamais le revoir.

Au livre VIII de ses *Confessions*, Rousseau dit... « Je com-
» mençai ma réforme par ma parure; je quittai la dorure et
» les bas blancs, je pris une perruque ronde; je posai l'épée,
» je vendis ma montre, en me disant avec une joie incroyable :
» Grâce au ciel, je n'aurai plus besoin de savoir l'heure qu'il
» est. »

Cette montre, ouvrage de son père [2], fut vendue en 1750; elle était large, grosse et en argent, avec une double boîte

[1] Il naquit le 28 juin 1712, et fut baptisé le 4 juillet suivant. Dans une lettre à Madame de La Tour Franqueville, en date du 27 janvier 1763, il fixait, par erreur, le jour de sa naissance au moment de son baptême. Jean-Jacques Valençon, son parrain, lui donna ses prénoms. Selon la tradition (lettre de Mouchon, ministre de l'Evangile et cousin de Jean-Jacques), Rousseau n'a point vu le jour dans la maison paternelle, malgré l'inscription qui l'atteste, mais chez la sœur de sa mère, Madame Bernard, où, étant en visite, elle fut surprise par les douleurs de l'enfantement.

[2] On sait qu'il avait assez d'habileté dans sa profession pour être appelé, en 1710, à Constantinople, comme horloger du sérail.

où l'on voyait ces mots gravés dans l'intérieur : *Genève. Isaac Rousseau : A mon fils Jean-Jacques.* On appelait alors ce genre de montre *un ognon.* Outre les heures, elle marquait les quantièmes du mois. Un cordon vert la retenait.

L'auteur du *Lucrèce Français,* du *Voyage de Pithagore,* du *Dictionnaire des Athées,* etc., Sylvain Maréchal[1], l'ayant découverte chez un horloger de la capitale, échangea sans retour la sienne, qui était en or, contre celle du philosophe. Maréchal, à cause de son volume, ne la portait jamais. Après la mort de ce dernier, un Anglais en offrit à sa veuve, qui vit encore dans la maison même que j'habite, cent louis qu'elle refusa. Dans un déménagement fait en 1833 de Paris à Saint-Germain-en-Laye, elle a disparu au fond d'un meuble brisé.

Afin de s'assurer que cette montre était bien celle de Jean-Jacques, un propriétaire de la commune d'Arcueil attesta par écrit à Sylvain Maréchal qu'il la reconnaissait parfaitement pour l'avoir remontée un grand nombre de fois, quand Rousseau, dont il était l'ami et le médecin, négligeait par oubli cette opération journalière.

---

[1] Né à Paris, le 15 août 1750, mort au même lieu, le 18 janvier 1803. Il fut nommé, à dix-neuf ans, bibliothécaire au collége des Quatre-Nations; emploi qu'il remplit jusqu'à la fin de sa carrière.

FIN DU SUPPLÉMENT.

LE SERIN DE M. JACQUES.

Bien que l'article suivant n'ait aucun rapport à Rousseau, je pense que quelques personnes, pour qui les oiseaux ont un attrait particulier (Jean-Jacques était de ce nombre), ne le liront pas sans intérêt.

Son histoire ne sera pas longue ; mais elle aura du moins le cachet de la vérité qui manque à toutes les histoires, depuis le plus ancien écrivain jusqu'à nos jours. On sait trop combien ces relations fourmillent d'erreurs. Il n'en peut guère être autrement, puisque des faits passés sous nos yeux prennent une tournure toute différente dans la bouche de ceux qui les rapportent. Pour qu'il y eût une pleine conformité dans les récits, il faudrait, contre les lois éternelles de la nature, qui se complait dans la diversité, que tous les témoins d'une action fussent organisés d'une manière parfaitement semblable ; qu'ils eussent les mêmes yeux, le même entendement, la même langue, les mêmes sentiments ; qu'ils reçussent les mêmes impressions, et qu'ils fussent placés dans la même situation pour bien observer. Cela posé, quelle foi faut-il accorder aux événements arrivés depuis cinq, dix, vingt ou trente siècles ? sans y ajouter d'ailleurs les réflexions de l'historien, sa manière de les rendre, de les classer ; son intérêt, sa partialité, ses passions plus ou moins patriotiques, la gloire même qu'il croit rencontrer dans l'art de faire valoir certains passages d'une grande vigueur. — « Mais » monsieur de Voltaire, disait-on un jour à cet illustre histo- » rien, le fait dont vous parlez ne s'est point passé de cette » façon. » — « Je le sais très-bien, mais avouez qu'il est mieux. » Cependant il s'écrie :

Et voilà justement comme on écrit l'histoire !

C'est encore le mot célèbre attribué à l'abbé de Vertot : « J'en » suis fâché, mon siége est fait. »

L'oiseau de M. Jacques naquit infirme, avec des ergots mal assurés. Bien que huppé, sa nuque resta chauve toute sa vie, et la goutte fut sa trop fidèle compagne. Son plumage, d'un jaune admirable, s'accrut promptement malgré ses revers de santé. Le premier usage qu'il fit de sa dextérité le laissa quelques secondes suspendu par un pied dans sa cage ; et, sans le secours d'une main bienveillante, le trépas eût fini sa disgrâce. Il avait à peine échappé à ce danger qu'un nouveau malheur vint l'atteindre. Il sortait dans l'appartement ; il s'y promenait, il voltigeait, se mirait dans la glace, sautait sur mon épaule, dit M. Jacques, descendait sur ma poitrine, remontait jusqu'à ma bouche, et la couvrait de fréquents baisers ; puis, me voyant lire, se plaçait sur le haut de la page, levant chaque pied, toutes les fois que je tournais le feuillet.

Un jour, au moment où le lit est dérangé, on ne le voit plus, encore que les portes soient fermées. On l'appelle en vain ; silence complet ; recherches inutiles : désolation. Un oreiller est soulevé ; l'oiseau paraît sans vie. Je le prends, un souffle bienfaisant pénètre dans ses poumons ; la paupière s'entr'ouvre ; il est sauvé. Mais le malheureux fait assaut de périls ; comme les enfants des hommes, il est gourmand. Il aime le mouron ; il en mange beaucoup trop ; le mouron l'étouffe : une indigestion suit cet excès. Tous les symptômes de la défaillance se manifestent ; le bec change de couleur, ses jambes fléchissent, les yeux se ferment : il va mourir s'il n'est promptement secouru.... Un verre d'eau, que dis-je? une goutte d'eau sucrée le rappelle au jour, et un peu d'ouate lui redonne la chaleur et la vie. Oh! qu'à ce moment il était joli! Peintres de paysage, placez une jeune fille de quinze ans auprès d'une cheminée, vis-à-vis la glace ; que sa main délicate pose un serin au milieu d'un arc formé d'ouate, et vous serez tout étonné de l'effet que produira ce tableau si simple et si naturel.

Mon serin, continue M. Jacques, est très-sensible. Je l'ai vu s'approcher des yeux de ma fille mouillés de quelques larmes, prendre part à sa douleur, et témoigner par une sorte de trépignement sur ses joues l'inquiétude qu'elle lui causait ; leçon tirée d'un si petit être pour servir à l'usage de ces individus qui, en présence de l'adversité de leurs amis, savent y compâtir sous des larmes hypocrites.

Il a de la voix, mon oiseau ; ses chants sont gracieux et

gratuits; son ramage n'exige point d'émoluments, bien que ses nombreuses variations soient applaudies par le goût. Son vêtement n'est jamais dans le cas de subir les caprices de la mode, et sa parure est moins coûteuse que celle de nos jolies femmes. Bon époux, excellent père de famille, il nourrit ses enfants, qui, loin de l'hospice des Enfants-Trouvés, pourraient au besoin peupler une colonie. Notre civilisation est bien inférieure à la sienne, puisque ses goûts ne sont jamais dépravés. Quand les douleurs de goutte le font gémir sur un pied, son heureux naturel ne porte point envie à ces brillants élèves de l'Opéra, qui montrent fastueusement au public tous les avantages d'une jambe agaçante et tous les agréments d'un pied libertin. Pour nourriture, mieux avisé depuis son accident, il se contente de biscuit, de millet et de chenevis, sans s'inquiéter de ce qui convient à son ramage. Il ne lui faut point, ainsi qu'à nos illustres chanteurs, des œufs crus pour arriver à la plus grande pureté des sons.

Il ne se doute guère de la singulière prétention de quelques jeunes gens du jour, qui voudraient, les uns manger du lion pour se donner de la force; les autres du renard, pour en avoir les ruses; ceux-ci du mouton, pour avoir du génie; ceux-là de l'aigle, afin de ressembler à Bossuet; d'autres du taureau, en vue de posséder l'énergie du grand Corneille; d'autres encore du veau de Pontoise, afin de parvenir à la naïveté du bon La Fontaine; d'autres enfin, moins ambitieux, ne veulent se nourrir que de lentilles, pour briller par un style aussi clair qu'un ruisseau limpide; enfants qui, malgré tant de mauvais relais, courent la poste sur la grande route de l'éternité; enfants qui succombent comme une araignée frappée d'apoplexie.

Adieu, mon serin, mon cher oiseau; adieu, mon doux ami, mes délices de huit ans, oh! pour jamais, adieu. En voulant voler sur ma tête, il tombe écrasé entre une porte et le montant. Son bec prit soudain la couleur de l'ivoire, ses paupières grises celle des violettes; elles se fermèrent à demi dans ma main, et son dernier regard vers moi fut une invocation à la pitié....

Une sépulture sans pompe, sans bière et sans linceul, sous un rosier du Bengale, offrit aux molécules de sa dépouille mortelle le moyen de s'incorporer aux tissus organiques de la fleur, dont le suave parfum continue d'embaumer la retraite qu'il habita ; et ma douleur trompée croit que je respire encore sa douce haleine dans une rose.

LA BÊTE DE NIMÈGUE.

(Octobre 1800.)

Un procès jugé le mois dernier au premier conseil de guerre de Paris, entre le lancier Lebel et l'épicier Tournecuiller, offre un peu de ressemblance avec l'anecdote que l'on va lire.

En 1788, un rusé fermier picard, voulant écarter des rivaux qui lui portaient ombrage, usa d'un expédient basé sur la crainte de l'esprit infernal. Le pouvoir des sorciers mis en relation avec le sombre empire était alors en France un article de foi dans la presque universalité des campagnes, grâce aux lumières tenues sous l'éteignoir. Cette croyance, fruit de la plus grossière superstition, favorisait singulièrement les dessins du Picard. Il réussit donc assez long temps, jusqu'à ce que la fortune, jalouse de ses succès, lui envoyât un être humain assez résolu pour en interrompre le cours, et rompre les charmes qui devaient le perpétuer. Les Romains, selon Tite-Live, sacrifiaient à la Peur, sous le nom de la divinité PAVOR. Le maître du château, où logeait son fermier, rendait également un culte à cette puissance, car il n'osait y passer la nuit. Cependant un mousquetaire de ses amis l'ayant fait rougir de ses frayeurs, il consentit un jour à l'accompagner à sa terre, située auprès d'Amiens. C'était le soir de la veille de Noël.

Comme ils suivaient la longue allée du château, les deux voyageurs ne furent pas médiocrement surpris en voyant des flammes s'échapper des croisées du premier étage. A leur arrivée, la fermière, pâle et tremblante, leur dit : « Hô, mes-
» sieurs ! y pensez-vous ? venir ici dans un moment pareil,
» où les revenants ont pris possession de ce lieu ? Depuis
» trois jours, mon mari et moi ne pouvons fermer l'œil de la

» nuit. On entend un bruit affreux de chaînes et de verres
» cassés, où se joignent des feux qui vous éclairent comme
» en plein midi. Tout le village est encore en prières pour
» éloigner le diable, auteur de tout ce vacarme. Jacques
» m'a déjà dit qu'il allait abandonner la ferme, parce qu'elle
» est maudite. Il y a certainement un sort jeté sur le
» château. Quant à moi, sans repos, je ne peux plus vivre
» ainsi. Pour peu que cela continue, je mourrai de peur,
» c'est sûr. »

— Vous l'entendez, ajouta le propriétaire avec un long
soupir; souscrirez-vous enfin à la fidélité de mon rapport?
Nierez-vous toujours l'existence des revenants?

— Par Dieu! reprit le mousquetaire, j'ai grande envie
de faire connaissance avec ces nobles farfadets. Aussitôt
qu'ils daigneront m'instruire de leur approche, j'irai,
bien armé, leur rendre mes devoirs en saluant leur appa-
rition.

— Ah! monsieur, interrompit la fermière, qui lui rappelait
comment on fait le signe de la croix, gardez-vous-en bien, je
vous en supplie par tous les saints du paradis; j'aime trop
votre précieuse vie pour ne pas vous détourner d'un si mor-
tel dessein.

— Merci, la mère; mais tout l'intérêt que tu me portes ne
saurait passer ma curiosité.

Le compagnon du mousquetaire, l'ayant vainement dis-
suadé de son entreprise par mille raisons capables d'ébranler
un hardi courage, alla se coucher, bien que fort inquiet,
tandis que l'autre attendait minuit avec impatience, au milieu de réflexions propres au sujet. Il en fut bientôt tiré par
un mouvement extraordinaire au-dessus de sa tête; c'était
dans une vaste chambre du deuxième étage. Il y monte avec
précaution. Il écoute, s'avance, regarde, et remarque enve-
loppé dans un nuage de fumée de soufre et de poudre à canon
un diable noir encorné, avec de longues griffes, et dont une
queue en trompette terminait l'échine, dansant ou plutôt
gambadant en secouant des chaînes. Il s'en approche; mais
l'esprit, comme s'il eût craint de rencontrer un adversaire
dans ce nouveau visage, lui tourne subitement le dos et lui
montre sa queue. Le militaire, après avoir examiné toutes ses
gentillesses, vise à les couronner d'un coup de pistolet. La

balle n'a d'autre effet que d'augmenter les sauts de cet agile
satan. Un second coup, tiré à bout portant, échoue de nouveau contre les ruses de l'enfer, et dont le suppôt se moque
en voyant la surprise de celui qui l'attaque ; mais le mousquetaire, fortement désireux d'éclaircir un fait qui met en
exercice toutes ses facultés intellectuelles , tire son épée afin
de s'assurer si cette lame , parfaitement acérée, pourra se
frayer un passage au milieu du corps de l'esprit, et si les en-
chantements, qui résistent au plomb, conserveront leur vertu
contre l'acier. On a des raisons de croire que le diable en
douta, ou que le revenant voulut en revenir, puisqu'il prit
la fuite par un escalier dérobé ; mais son ennemi s'élance à sa
poursuite , franchit les degrés, traverse la cour, saute le seuil
d'une grange, se précipite au fond d'une trappe ouverte, et
rejoint Satan à genoux qui, ôtant son masque, lui demande
grâce dans les termes les plus lamentables.

Le mousquetaire apprend alors que le fermier, afin de ne
payer que trois cents francs un loyer de la valeur de trois
mille, avait imaginé de livrer à l'abandon une terre impor-
tante et décupler ainsi ses profits. Une peau de buffle, pré-
parée par ses soins, étant à l'épreuve de la balle, le rassurait
contre les coups de feu des paysans, et ses artifices devaient,
selon lui, brider leur audace ; mais comme ceux-ci ne portent
pas l'épée, il redoutait une arme dont il avait négligé de
faire l'essai.

C'est peut-être dans des intentions à peu près semblables
que la ville de Nimègue, il y a quarante-trois ans, retentit, à
la fin de septembre et pendant tout le mois suivant, d'un
bruit de sorcellerie dont le renvoi de la garnison française
paraissait être le but, mais qui, malgré ses suites singulières,
n'eut pas une meilleure fin que l'expédient du Picard. Un
bataillon de la 54ᵉ demi-brigade faisait le service de la place,
et comptait dans son sein beaucoup de conscrits. Un jour, ou,
pour parler plus exactement, par une nuit ténébreuse, la sentinelle d'un poste sent à ses pieds un corps d'une forme si
nouvelle, si bizarre, si sauvage qu'elle est saisie de stupé-
faction ; c'était un gros animal silencieux, marchant et ram-
pant à la façon des quadrupèdes et des serpents, qui s'empare
de son fusil. A cette action, le soldat, qui avait perdu ses
forces, en recouvre assez pour s'enfuir au corps-de-garde. A

peine y semait-il l'alarme, que le monstre s'y traîne pour justifier les frayeurs du désarmé. Ses camarades, qui allaient en rire, n'en eurent pas le temps, et leur gaîté fit place au sentiment de la sentinelle. La bête, d'un gris brun, avec un museau noir, fait le tour de l'intérieur du corps-de-garde, voit ses habitants rangés contre le mur, dans une immobilité parfaite, prêts, dans leur pâleur, à chevroter un *De profundis*; puis, levant doucement une patte, va se coucher au lit de camp, et met par son seul aspect en fuite trois soldats qui reposaient, mais qui d'un bond lui laissent le droit de commander en souveraine.

L'officier fut averti par un silence inaccoutumé. Il s'approchait, lorsque déjà l'animal se retirait avec l'impassibilité d'un stoïcien, montrant à loisir tous les mouvements de son étrange allure.

Deux jours après, la bête reparut à minuit dans un autre corps-de-garde, y fit à peu près le même exercice que dans le premier, avec non moins de succès. Le sous-lieutenant, quittant son fauteuil, observe le frisson qui agite ses hommes ainsi que l'effroi courant de front en front, et croit y remédier en ordonnant le feu. Les balles glissent sur la peau de la bête sans même l'effleurer. Des coups de baïonnette sont comme des démangeaisons qui appellent de légers chatouillements. L'animal semble y prendre plaisir, car il s'avance en s'arrondissant sous les coups qu'on lui porte. La crainte de l'enfer n'est plus rien auprès de cette surprise : on tremble d'angoisse. Des guerriers descendent tout-à-coup au dernier rang des Chinois tombant aux pieds de leur empereur, que, sous peine de mort, ils n'osent regarder ; et cela deux mois avant la bataille de Hohenlinden. Notre bête s'étant un peu grattée, bat lentement et sans obstacle en retraite, avec le dessein de renouveler impunément ses promenades nocturnes. Ce manége avait sa répétition trois ou quatre fois la semaine.

Bientôt le bruit s'en répand par la ville. Les soldats se communiquent leurs frayeurs : la fièvre les suit. L'hôpital manque de place. On évacue les malades par douzaine, en charrettes, sur Gorcum, où un autre bataillon du même corps se divertit sur leur compte en les voyant passer. Ceux-ci, avec le visage d'un moribond ne trouvaient rien de plaisant dans le mal qu'ils enduraient, et renvoyaient leurs moqueries au séjour de la bête, pour y essayer leur courage.

Malheureusement l'effet de la peur augmentait par son effet même; car les militaires, dans leurs conversations, ne tarissant point sur la sorcellerie, en racontaient fort sérieusement les circonstances les plus bouffonnes, mais qui élevaient leur imagination jusqu'au dernier degré de l'épouvante. L'un prenait la parole et disait : « J'ai entendu conter cent fois à mon père qu'un berger devenu sorcier, mais sorcier fieffé, prenait la figure d'un chien pour voir danser les filles au village, et que tout le temps qu'il restait à les regarder, elles sautaient jusqu'au tiers de la hauteur des arbres, ce que le monde trouvait extrêmement curieux. Une autre fois s'étant mis en diable fourchu, il prit un de mes oncles par le toupet dans un marché voisin, l'enleva jusqu'à l'église, où, sans la crainte du Seigneur, il le reprit par les pieds en le traînant sur les marches du clocher quand les cloches sonnaient d'elles-mêmes, la face contre les pierres, de manière que son nez avait disparu sans qu'on pût distinguer le front du menton.

— Cela ne m'étonne pas, car, moi qui vous parle, dit un autre, ma mère m'a toujours assuré qu'elle avait examiné aussi un vrai sorcier, allant toutes les nuits au sabbat à cheval sur un manche à balai, faisant de ces choses qu'il est impossible de croire, même lorsqu'on les voit, comme, par exemple, de saisir un cheval de labour par la queue, et de lui faire faire trois fois le moulinet autour du presbytère sans toucher la terre, au milieu d'une fumée qui aveuglait complètement les assistants.

— Pour moi, ajouta un troisième, j'ai aussi entendu parler d'un fort sorcier, peut-être encore plus fort que celui de Nimègue; lequel se transformait tantôt en loup et volait des moutons pour le seul plaisir de leur sucer le sang; tantôt en gros chat-tigre, et sautait aux yeux des vieilles femmes, pour les leur crever; tantôt en ours furieux dont les cris s'entendaient d'une lieue; tantôt en couleuvre grosse comme le bras, s'élançant au cou des jeunes filles pour les étouffer; tantôt en croupe derrière un cavalier, lui faisant parcourir plus de trente lieues en moins d'une heure. Les signes de croix et l'eau bénite n'y faisaient rien; le curé même, qui passe pour

un savant et n'est pas mal avec le ciel, y perdait son bré-
viaire et son latin. De même qu'ici, les coups de fusil et
les broches à rôtir glissaient sur son dos comme sur ma
main. Ce n'est que par le moyen d'un arracheur de dents
qui passait au pays, en lui disant quelques mots à l'oreille,
qu'on en fut débarrassé. Il était bien temps, car on était si
suffoqué que tout le monde pleurait en se regardant.

C'est par de tels discours, où l'extravagance le disputait à
la niaiserie, que ces hommes crédules entretenaient leur effroi. Les officiers eux-mêmes, presque aussi honteux que
ceux qu'ils commandaient, n'osaient mentionner la bête dans
leurs rapports. Cependant le nombre des malades augmentait, et la garnison fut si promptement et si prodigieusement
affaiblie, que le chef de la demi-brigade en devint très-sou-
cieux. Ses recherches aboutirent bientôt à la source du mal.
C'était un ancien maître-d'hôtel de la reine Marie-Antoinette.
qui, toujours écrasant ses chevaux sous lui, ne se battait jamais qu'en chemise et les bras nus, d'un rare embonpoint[1],
mais dont le ventre, mis au régime à Strasbourg, diminua de
cinquante-cinq centimètres (20 pouces), et qui, nommé pres-
qu'aussitôt général de brigade, rencontra la mort des braves
dans la campagne d'Allemagne. Après avoir grondé vivement
ses officiers de leur silence, dans une occasion où rien d'hé-
roïque ne le justifiait, il se rend à l'hôtel du conseil muni-
cipal qu'il trouve assemblé, et lui annonce, dans la plus
violente colère, que si leur bête ne cesse à l'instant même
ses sots amusements, le lendemain avant l'aurore Nimègue
ira pleurer sur ses murs embrâsés. Les municipaux baissent
la tête sans répondre. Ils semblent consternés d'une menace
plus grave encore que les effets produits par le monstre, tandis que le colonel, faisant volte-face à la porte, leur laisse

---

[1] Un peu comparable à celui du comédien Desessarts, pour lequel son
camarade Dugazon avait demandé à Louis XVI la survivance de la charge
de l'éléphant du Jardin-des-Plantes. Un soir, dit on, au fort de la Terreur, où la réunion dans les rues de plus de trois personnes était inter-
dite, une patrouille, venant à passer, le prit de loin pour un rassemble-
ment, et lui cria, selon l'ordre : *Citoyens! séparez-vous.* On connaît les
particularités de son duel avec Dugazon, qui, traçant une ligne droite à
la craie, du cou jusqu'à l'abdomen, lui dit d'un air passablement sé-
rieux : « Mon cher, tous les coups portant de ce côté ne compteront pas. »

pour adieu l'expression de son courroux. A ce coup imprévu d'exorcisme, le diable et son sorcier furent soumis; soudain la fièvre ralentit ses conquêtes; l'économie rentra dans les hôpitaux, et ces mêmes hommes qui pâlissaient à la vue d'un être inconnu, défirent entièrement des ennemis trois fois plus nombreux que les bataillons qu'on leur opposait.

NOTA.

Je reçois de M. Servaux, officier de la Légion-d'Honneur, une réclamation que je me trouve heureux d'insérer ici.

C'est au combat d'Algésiras, et non à Trafalgar, qu'il obtint un fusil d'honneur. A Trafalgar, il était monté sur *le Fougueux*. Au moment où ce vaisseau allait couler, s'étant jeté à la nage avec trente-cinq ou quarante hommes, il fut recueilli à bord du vaisseau anglais *l'Orion*.

Dans le premier tirage de cet opuscule, j'avais transporté ce fait sur *le Vengeur*, qui périt, le 13 pairial an 2, au combat d'Ouessant; mais le court dialogue entre M. Servaux et le capitaine (j'avais dit l'amiral) de *l'Orion* est parfaitement exact.

Dans le tome III, page 290 de mes *Confessions*, il faut lire décembre 1810 au lieu de 1794. C'est après sa désertion du fort, et non avant, qu'il fut envoyé à l'hôpital. Un pâtre ayant découvert sa retraite, en prévint quelques habitants du lieu, qui le livrèrent aux soldats de la garnison. Enfin, c'est sur le quai de Morlaix qu'il jeta ses béquilles, en présence, non des Anglais, mais de ses compagnons d'infortune.

Ouvrages imprimés et publiés de M. Quesné.

1° *Mon Naufrage* dans les journées des 3, 4 et 5 nivôse an III; in-8, 1795.

2° *Eugène et Sophie, ou les Violents effets de l'Amour*; 1 vol. in-18, 1797.

3° *Lettres de Verteuil, de Paris, à Mondorff, de Nuremberg*; 2 vol. in-18, 1798.

4° *Les Cinq Voleurs de la Forêt-Noire*; 1 vol. in-18, fig., 1799. Plusieurs éditions. Une contrefaçon parut la même année.

5° *Les Folies d'un Conscrit*; 2 vol. in-18, fig., 1800. Grand nombre d'éditions.

6° *Le Jeune Matelot*; 1 vol. in-18, fig., 1800.

7° *Lettre à Mercier sur les Loteries*; in-8, 1801.

8° *Busiris, ou le Nouveau Télémaque*; 2 vol. in-12, fig. Deux éditions. 1801-1802.

9° *Les Portraits*; 1 vol. in-8, 1803.

10° *Les Journées d'un Vieillard*; 1 vol. in-8, 1804.

11° *Éloge de Nicolas Boileau-Despréaux*; in-8, 1805.

12° *Poinsinet*, comédie en un acte, représentée au théâtre de Guéret (Creuse); brochure in-8, 1806.

13° *Mon Aventure dans la Diligence*; in-8, 1808.

14° *Lettres à madame de Fronville sur le Psychisme*; 1 vol., 5 éditions, dont une avec portrait. In-8, 1812, 1813; in-12, 1813, 1814; in-18, 1818; in-12, 1821.

15° *Éloge de Blaise Pascal*; in-8, 1813.

16° *Mémoires de Céran de Valmeuil*; 1 vol. in-18, 1813. Réimprimé in-12 à la suite de *Marcelin*, 1815.

17° *Mémorial des Libraires*; in-8, 1815. Il en a paru cinq numéros de chacun deux feuilles.

18° *Marcelin, ou Bon Cœur et Mauvaise Tête*; 2 vol. in-12, fig., 1815.

19° *Lettres de la vallée de Montmorency*; 1 vol. in-12, 1816.

20° *M. d'Orban, ou Quelques Jours d'Orage*; in-18, 1818. Imprimé à la suite de la quatrième édition des *Lettres sur le Psychisme*, et réimprimé à la suite de l'*Histoire d'Adolphe et de Silvérie*.

21° *Mémoires de M. Girouette*; 1 vol. in-12, figures, 1818.

22° *Confessions politiques et littéraires*, etc.; 1 vol. in-12, 1818.

23° *Histoire de l'esclavage de Dumont*, etc.; 1 vol. in-8, fig. Cinq éditions deux en 1819, 1820, 1824; in-12, 1830.

24° *Le Solitaire français au dix-neuvième siècle*; broch. in-8, 1819.

25° *Pierre Huet, ancien militaire, âgé de cent-quinze ans*, etc.; in-8, 1820. Deux éditions. Réimprimé en 1824, avec une augmentation, dans le tome 2 du *Moissonneur*.

26° *Les Intrigues du Jour*, etc.; 1 vol. in-12, fig., 1820.

27° *Histoire d'Adolphe et de Silvérie*; 2 vol. in-12, 1822.

28° *Histoire de Solarice, ou la Femme martyre de son orgueil*; 2 vol. in-12, 1822.

29° *Table alphabétique et analytique des matières contenues dans l'Histoire d'Angleterre, par Hume, Smollett, Adolphus*, etc.; 1 vol. in-8. Deux éditions, 1822, 1827.

30° *Mémoires du capitaine Landolphe*, 2 vol. in-8, fig., 1823.

31° *Le Moissonneur*; 3 vol. in-8, 1824, 1825.

32° *Confessions de J. S. Quesné*; 3 vol. in-8, fig; les deux premiers, 1828; le troisième, 1835.

33° *Mémoires de Montblas*; 1 vol. in-8, 1830.

34° *Marcian, ou Inconvénients et dangers du cigare et de la pipe*; in-8, 1835. Imprimé à la suite des *Confessions* de l'auteur.

35° *La Goëlette sous-marine et le grand Boa d'Afrique*; brochure in-8, 1839.

36° *Supplément indispensable aux éditions des œuvres de J.-J. Rousseau*, etc.; in-8, 1843.

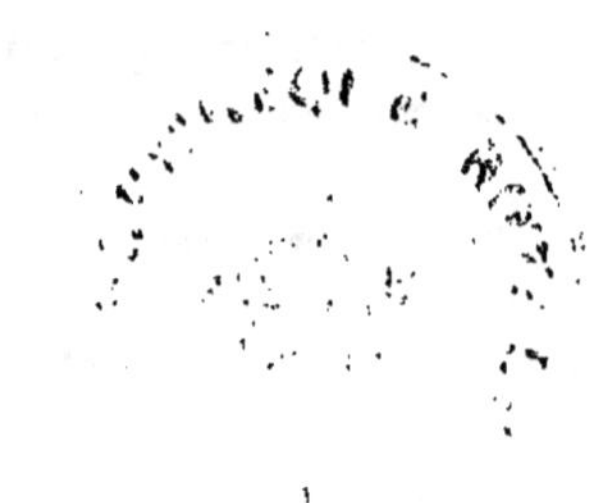

www.ingramcontent.com/pod-product-compliance
Lightning Source LLC
LaVergne TN
LVHW051125060726
842526LV00006B/1907

*9 7 8 2 0 1 6 1 4 1 0 4 5 *